梁江文通文集

二

江文通集卷第六

始安王拜征虜將軍丹陽尹章

旣耀軒禮亟趨龔恩爽泗靦默中謝臣少識猶晦哀辛方襲藉以龜采上霄搏華中漢飲惠延光偭爵假息不悟瑶離降映繩河低文遂翊言闕禁徒弟京部進憲蒙淺塵叅徒盈還迷慺悚風製罔樹循伏憂歃滅虜燋衷不勝荷佩之情

始安王拜征虜將軍南兖州刺史章

絢服騰炤戀冊凝芬夤對迷墜慙泣文集中謝臣職右南謝蒲鞭之政任重臨淄無遺獄之化自分金帝闕叅風尹訟璧緯裁復圭露詎淹不悟旻靈拂采霄景汰色復交書河楚置傳江吳環章清潤旂文肅路寵艶内維榮炫外圍方梗名慮有陋莩識沖生靦氣安以輸謝不勝荒震屛營之情

建平王讓右將軍荆州刺史表

茂寵延臨炫奪彝典巡恩鏑飾攬情震慮中謝臣聞該秩詔亭匪賢莫能孚其職端維裂陝非功無或濫其選所以輪鞅國典締結民紐五威咸平四精或訓者也臣踐行迷方試業敝緒徒以

綴采宗挈承渥帝席執圭戴筆亟荷出內至乃曳組河縣茂馴羽之化鳴環京轂謝擇鱗之政聲績兩無風化雙缺而龜紐未剔璽書頻降復攺冊湘區分瑞衡服競無賈琮交部之廉終乏郭伋并壤之信固以誼沓民明湫隘身諷不悟皇靈再煇河海重渥遂踰恒采妄賁異等荆門務要方城任積水交沅澧山通岷峨襟帶百縣縈抱七州上德懋勲尠居斯地寧臣膠所宜膺荷是以燋薄蒐色驚迫心影謹刷舂情置露弱志伏願陛下停旒弛琪暫炤瑣曲則鑄才式弘練物惟遠王度旣清蒙識以泰不勝慙悚屛營之情

建平王拜右衛将軍荆州刺史章

珪冊停徽車旗寫曜襲禮炫衷迎恩震色謝臣聞爵以能委命以績降亦有玄雲結吹襃成燻之厚朱箱累轍崇試宰之高而臣紐組須守要玉備政績廢江區聲臨河部浮榮曠年叨光緜日諒以具察輿歌取錚民誚不悟皇德至凝亭物帷幄復使承官楚封祗袟漳土任班河異事亞崤陜横術輻湊殷氓訟積寧曰明哲疇尅勝

寄雖瀝丹局終懼蒙咎不任銘戴匪處之情

建平王散五刑教

府州國紀綱吾謬繼朝組廼班恩命重渥華蕃踐寵懋甸永言政惠良攬情寐況舊楚地曠前郢岷殷水帶枉渚山匝魯陽自頃田邑榛故封井萊蕪財賦方屈犴獄寔繁思所以厚風釐俗變瑟改調自五歲刑已下未連臺者一皆原遣文武彈坐亦悉復職主局依舊施散薄紓此懷

建平王謝賜石硯等啓

臣言奉勑賜石硯及法書五卷天旨又以臣書小進更使勤習敬閱籀篆側觀硯功張衛慙奇金瑷羞麗臣夙乏翰能素謝篇伎空貴恩輝徒隆慈飾方停煙墨永砥學玩仰結聖造伏銘私荷不任下情

建平王謝玉環刀等啓

奉勑賜玉環刀等五種珍器盬伏蒙猥降飾軼采朱跨影懸魄崑岡歸琛闕山𢢼寶謹襲緹素以充握𦠆垂光既深銘佩更積不任下情

建平王慶明帝疾和禮上表

臣聞慶動至玄則昌衢敦序教孚上雲則紫禽

交泰故祁寒辱暑無以變其和沴火凝陰不能徙其氣伏惟陛下至德遠稜實天縱聖仁鑄蒼岳道括寰海故丹陵之君疑金泥而謝賢嬀墟之后眷龍圖而慚德頌聲歒達歌思匝道而望景暫虧輪光少輟玉欙達和金幌輟念百祠未遑四嶽匪處吉蠲爲慶神御方休瑞廣文齡祥深武日具惟涵教倡愉蕪薦臣班戚奉慈實自慶舞不勝悅豫之情

建平王慶安城王拜封表

麗采繩河映蕚璿圃淑問夙孚令儀早晣撰告候辰昭膺輝序國維富禮皇塗凝衛具生屬慶懷識戴躍臣涵悅楚邊魂馳闗闕不任下情

建平王聘隱逸教

府州國紀綱夫嬀夏已没大道不行雖周惠之富猶有魚潭之士漢教之隆亦見棲山之夫迹絶雲氣意負青天皆待絳螭驤首翠虬來儀是以遺風獨扇百代餘烈激厲後生斯乃王教之助古人之意焉吾稅駕舊楚憩乘汀潭挹於陵之操想漢陰之高而山川遐乂流風無沫養志數人並未徵采善操將弃良用慨然宜速詳舊

禮各遣纏招庶暢此幽襟以旌蓬蓽

建平王慶改號啓

竊以皇衢永謐則玉曆惟禎國慶方夷則繩澤式茂故五鳳協年甘露應號況今道潤衍溢頌祉載繁嘉生蠲慶風雲瑞節旣覯招晨方鑄昌化延守一隅無以自屆不勝荒情

建平王慶少帝登祚章

上書皇帝陛下伏承肇嗣天震雲飛璿極戎夏歸服民靈以戴中謝臣聞黄旗紆藻瑞益於姬帝紫雲垂蓋効異於劉后實乃深賜天衷廣映祇迹伏惟陛下纂英駕聖涵靈縱睿矩心明裁繩道喆時遥裔雒符雜沓河紀是以膺符寶宫輯命珍殿誼洗雲窓德徽嬀夏濬發鴻原長禘鄰緯方絢聲金圖騰華玉曆波拚下泯炎躔上漢臣沿莩締寵誠兼親屏禮升之日守官楚甸不獲勉躬儲外奉敎行間魂泣江郊心泫京國不任悲仰哽慰之情

建平王答王太后正位章

上書王太后殿下伏承以令日淑辰曾光樞景慶芬祇外禮蔚家中謝臣聞道懋弟昌鄰廣祉

慼藻秩攸臻憲章斯飾伏惟殿下柔明固天夙
資龔懿芬蕙翔聲端簡散譽冠采摯姙騰燿徽
姒丹陵蘊德玄丘棲聖煙熅國牒衍溢民聽洊
道席敎且詠且洽臣忝任蕃圉無由隨例闕廷
不勝荒情

建平王慶江皇后正位章

上書皇后殿下伏承以嘉月蕙時膺曜宸正翬
珩炤品褕組在飾休遍函夏譽殷靈昧謝中伏惟
殿下岳曜靜德式懷謙順升降圖傳左右詩史
夙鏡茂資早擒芳訓故以騰馥祕闈寫問中帷

令靈緯載升崇正輝典衛敎紫庭麗軌華屋聲
激綺組風偃家邦黎玄湊仁雲衹宅慶遠邇有
聞莫不傾渥臣限外任無由忝列軒屏不勝荒
情

建平王太妃周氏行狀

竊聞候服之譽非黃冠能敷王食之問寧皁衣
所述諒畏褒美於君后被空名於鼎貴然有漢
臣誄行晉史書德者亦云實而已焉伏見國太
妃禀靈惟岳集慶自遠世擅淮汝族冠疇代故
以載曜聲書式炳縢牒矣太妃誕離明之正和

涵雲露之中氣凝采韶歲賁章笄年若乪彤管
女圖之學纂組綺縞之工升降虔謙之儀柔靜
居順之節莫不中道若性不嚴而成故譽滿閨
闈聲聞軒殿以元嘉某年歸于故司徒宣簡王
旣而第高坦倫秩踰外品青軒華轂用光國煇
素壁丹墀寔隆家貴具惟婣娣靡不式瞻而居
尊以簡訓卑以弘躬謹蘭閨身撟椒第若衞姬
之㶣行樊嬴之映操方之蔑如也大明二年宣
簡王薨太妃藉悲用禮撫孤用慈柔懿之德愈
彰肅敬之問日被雖文伯之母言不踰閾莒相
之主行存乎勤無以過也大明某年拜建平王
太妃是時今王春秋方富德業未隆藉茲金響
終能玉播故綺襦出宰弱冠升朝者亦太妃劬
勞之訓也謂天蓋高降年不永以太豫元年二
月三日薨于荊州之内寢凡厥遠邇以哀以歎
令祖行有期泉穸無遠素旂望路綵旌思歸所
以垂宣徽容髣髴金石者謹詳牒行狀具以申
言

建平王讓鎮南徐州刺史啓

臣言臣誓惟殃釁頻瀉四折慊慊狂愚冥蒙哀

弔而聖旨懸嚴便賜斷表神乖意失音影何地
呑悲茹號情膽載絶臣荒昧神氣爰自幼稟分
踰鼎貴秩高外州臣乏素能或所不任況在憂
年必取黜辱特爲開非常之恩借權製之義紊
禮滅經實翦治本臣又能身祈命請一感天地
躑躅表啓心容已靦猶疑大道之行墨縗不興
孝治天下通喪獲遂陛下覆被仁明品物無漏
豈於微臣獨不蠲鑒燋鯁在躬輙復塵黷伏願
暫輟聽覽少憐苫草則臣死之日猶生之年臨
啓恍惚覓識無主不勝殞越怵息之心

建平王之南徐州刺史辭闕表

臣過承寵靈閲點假日徒抱皇慈無充横草而
品第遄崇軒服逾峻顧茲靦窮彌覲荒昧今便
奉官外甸卷迹徐山託慕宸嚴載惟感戀哀疾
不獲詣闕不任窮鯁之情

梁江文通集卷第六

初四日校

梁江文通集卷第七

勑爲朝賢荅劉休範書

昔嬀道鼎昌干羽未能戢姬德昭宣長旌猶卷舒焚衣毀冕有自來矣皇宋靈武誕命道鬱終三后連光四聖沓軌或經天緯地搆紫靈之符調風偃海隆黃旗之祚莫不頌滿金石聲彰宇宙者也暨我太宗明皇帝惟岳降聖重耀函夏延禮璧臺訪道衢室平陽之后卷迹慙靈空同之君斂功謝德是以緐雲祥風之瑞布濩區中梯山棧火之俗款徼請吏跨商軼夏洸周滌漢

道澤優衍猶不道封禪遐靈在天餘惠無泯主上文明金相穆然玉色履璧之禎獲珪之應著在紀歲仁浸汙河惠愛秋草想亦君之所聞也重以先帝靈略潛通英轡遠馭受話言必忠貞方書之臣奉風聲必虔恭匪懈之士明時琴瑟鼎鉉之盛且被於寧世而忽覩來書以惋以慨君爲齊梁楚越之主鼎貴一時金玉滿堂文馬十駟爵授湯沐冠蓋於道惟名尊崇誰與爲雄而出言効尤吐音入戾舉旗類社志竊神禁稱兵斂衆遂窺外闈今朝無闕政頓構凌上之節

室無孽竪坐生莫大之釁鴟梟赭衣號興徒黨
主萃淵藪寧滋之甚不臧不軌不忠不義未有
若斯者也宗枝之釁遠則吳楚見禽於一壁盤
石之孽近則江荆面縛於小將此成敗蘭艾之
鑒又亦君之所知也聞彼此飲鼠舞之異早見
物徵河北隴上之謡已露童詠所謂妖由人作
孽不可逃然桓侯之患良助寒心今羽林黃頭
駱驛爭引熊渠佽飛首尾電發伏波樓船掩江
蔽汜渡遼甲卒充野布隰加以先天蓋世之略
蕩海拔山之威任輔沛陳羽林鵁鶄露動龍驤

精騎風驅然後六師雲起九軍星連蜺旌外江
虹艦中水金甲映平陸鐵馬炤長原霆南嶽而
永慨瞰九孤而懐恐伐罪弔民復驗於兹甫刑
三千唯此爲大僕才等不羈志瀝丹欵故奏禍
福行矣悵然袁褚劉肅等疏
尚書符起蘭臺都官軍局符
侍御史大夫尊冠賤履君臣斯位愛順惡逆成
敗可憢未有憑凌我江郊侵軼我河縣而不流
蒐漂骨丹宗血祀者也沈攸之寂寥無文起自
甲卒邀我百戰之軍乘彼一捷之幸雋山裂地

紐紫要金擁旗蕃伯便無北面之禮受符方屏
即有專征之輿箕賦深歛毒被郢南枉法矯刑
毒閭荆西晁恠其性故從始而遂終狠戾其志
乃浛少而得老山陵不奔移袂爲慶踐祚無賀
按劒稱孑遂乃闢馳送書亭熖妖火此而可琭
孰不可宥今遣陳承叔彭文之等敢勁三萬前
驅電耀吕安國任侯伯桓崇祖曹虎頭等樓艦
五萬騎射蛟中流茍元賔郭文孝程隱儁等輕
舸二萬高旌蔽日周盤龍張文嘉薛道淵等鐵
馬五千龍驤後陣凡此諸帥莫不氣薄日月精

變虹蜺或飲羽石潔或超踰門樓索鐵拔距孤
視萬旅顧眄則前後生風喑嗚則左右激電然
鑾戎薄臨驍虎百萬六軍徐軌五輅遲旆冄艦
發熖素甲生波樓頫白羽投鞍成岳漁陽黒騎
浴鐵爲群於是高山與深谷共湮紫芝與白艾
同滅不亦惜乎惜乎符至之日幸加三省其驅
逼寢手之人鋒陣爲壁之主若有救命軍門一
無所問或能因罪立績賞不示私斬袪射袂唯
功是與購募之科具列如上信如白水皦然無
二臺明詳旨飛火並備加宣才文書千里馳驛

慰勞雍州文

皇帝謝鎮軍寧蠻二府雍州文武士庶等夫忠
爲令德或感緐叙軀信實美行或殉義蹈節而
沈攸之小豎反覆稱逆西蕃袁粲劉康潛使相
扇遂擁據石頭並圖廟社粲康既從王憲蒼黎
同慶攸之孤州蟻聚勢必燼滅刺史張敬義氣
雲騰秣馬星驅全羽十萬殄茲氛鯨曾不旋踵
彼州南陽白水相遺風忠義之士霜戈電發
但戎車暫動念原未寧冬寒卿皆無恙

蕭驃騎讓封第二表

臣某言寫瀝愚丹已續前表猥降前詔未垂鑒
恕一省驚慙再悸竟府靜躬自察啓居匪地中謝
臣聞日薄星廻昊天無以爽其節山盈川沖厚
地不能虧其度豈不靈鑄言限神極無失況世
道恒淪人彝剽奪數滿必泓虛飾小故辭大臣
才非古賢任鈞左戚祚開山河兼金疊組爵參
常班寵溢前達以榮以渥且慙且覥雖嘉銘鼎
之恭更懼循墟之遠矧乃三司業貴上將地崇
惣録務廣河汾寄深珪寓方啓劍衛增肅既驚
朝野足震城邑殷周富士猶難其人漢魏多才

亦罕兼職且麟閣之臣尚有位不及鉉全器之侯猶或任不並台名爵無假前世之雄規車旗勿濫中葉之英軌況鴻誥鬱集懋冊頻萃諒非虛薄輕所膺符令殷夏既聲封國式固故天地燀爗日月更煇陛下停若鏡之明流如雲之愛方求士於板巖宜思賢於屠肆而私臣以闈廟寵臣以帷鼎位兼文武職惣內外非所以發夢渭濱儲精河藪雋金刻石既不可詮輿歌里頌其謂臣何仰緣大道方行蒼祇宅氣威靈所燭九功咸詠寧於庸臣獨隔恩耀誓守愚衷重扣

雲日如蒙恩宥實生之幸不任慊款之風

第三表

臣某言臣再抽慊請辭爲理屈側守圭漏伏望衷鑑而震緯嚴祕憷悰徒懸優獎之降非復常旨肅奉驚懅矒曉如失淵臣炤冊訪古訟史朁昔以爲敷道之寄管物成務惣錄之重匡績毗風莫不下協河岳上踵光緯先王所以長世後眷所以字氓讚金圖之要輔樞曆之機者也臣本瑣姿不慕聞達昔值英世頻遘時來感激光私未能自返烏可超乘厚任妄據高圖天道既

巳下二篇元本失落未校

平鬼神好謙臣亦何人而獨斯處所以不恤色忤頻犯鴻威者正以方圓之景已滿丹彩之色難加政能緯俗匪務傍職坐而燮道必在其人若臣武未燭韃橐之分文不諳樽俎之間德非時秀道乖物宗虛飾疲伍空貽上位則天變彰於飛流地眚見于震壓驚蕩民聽蕪沮物議綸言之出不追金石之謬已遠豈唯敗錦傷經毀鼎覆餗而已哉自非西京上績東都名勳河右群賢江左諸彥寧有誣叨天爵以爲已功者也昔南楚偏君鄢郢小政執珪柱國尚不輕授況車軌共文四溟同宅而以鄙蔽超居金鉉殊任鬱起臣心憂魄悚視丹如綠伏願陛下暫停晃續少察愚實鑒臣覗情愍臣孤志廣天下之惠可疋夫之諒中則國步永清門下永無謬悞不任憂駭之情

蕭領軍讓司空幷敦勸啓

臣某言臣沿心之請丹識以傾詔旨冲絕便賜斷表伏聞當遣王人猥垂獎勸仰天光休俯增驚厲謝臣以爲槐鉉之任百王攸先具司是屬冠冕式瞻化曜昌輝運基政務事深崇替迹豫

興衰故道富一時則風行明令才乏適權則山
摧河泣旣撓汨蒼祇將萘毀身國臣進退惟疑
再三自顧實以陋怯悲忘寵極但畏軼超疲五
廼忝鼎軸無德而貴豈敢偷存才怯任重物所
不恕故弱識褊槩頻布前辭枯木朽株永隔豁
恕豈特大車方塵小雅有廢而已哉將據致寇
之悔取鑒於茲矣且皇華之命居上之鴻私鳳
舉之招爲下之殊榮國勳必書史不謬讚况臣
連牧園岳董率職方旣鑠近古垂耀中葉揆望
揣實爲泰已甚而廼復降朱輪之使方枉青冊
之勸寤寐悄灼諒無以任輙重素誠冒覬神炤
伏願皇靈特垂閑愍賜停正台之職幷光[redacted]勸
之使餘所榮忝誓不敢辭肅恭外屛祈廻恩授
則於臣慊欵復爲惠造不任憂戴匪惶之情

蕭領軍拜侍中刺史章

上書皇帝陛下即日詔書以臣爲侍中驃騎大
將軍開府儀同三司班劒三十人等持節都督
如故峻命在庭光冊充軒虹驂耸服朱轙佇蓋
夤對以懔心影若傾謝臣功乏至道不足以題
象魏績非振民無可以書廟閣半漏未晏中鍾

而驚實叵微庸起秉盛服竊疑國寵頓萃末躬今寰海順典瓊都咸光調御惟新鎔製就始良宜整變憲經詮明典緯九河式耀三辰載慚不悟陛下皇靈曲溢大賚斯降而鴻賞之行迺於臣始非所以騰振遥風激昂品流輿人之誦具聞其黷頻露慊祈未阻鑒順今使虔禮青軒謹躬丹墀憂符怵怡慙屬兼軫不任屏營之情

蕭驃騎錄尚書事到省表

臣某言臣自妄蒙異寵輕荷殊爵晝昃猶聳夜艾方驚誡以設器瑶陛取監冲滿懸鼂金波徵驗虧闕茲乃天數去盈人經好退后所以裁成萬品下所以各慎百司未有達才易貫尅負永業者也且量力之誥實炯前書辭科之誨且昭昔牒況臣徒竭弱質忠貞未懟猶叨令恩山岳非重故慙屬交喪頻煩表疏必謂巡崖之慊不忽氣亮之清可期不悟皇明神邈鴻獎彌深雖守丹愚競絕躅怨今輒燿纓上序鉀珮中軒德輕施重左右生華志盡輸謝終愧報効不任下情

蕭驃騎謝甲仗入殿表

臣某言臣即日被勅賜給甲仗五十人入禁儀武殿飾冠噦典局此盛恩五情銘載臣聞國之利器在祀與戎蘭錡之設實允儲方故官騎辰居羽林天部職城龍塞言伏鬼方臣股肱之力不足以染丹青横草之勤寧可以鏤金石而魚服象弭一旦虛授誕錫金珪方茲爲苟黃河如帶比金非賞故異寵之襲心愧共驚不世之服祇同煇雉攀靈河漢駿奔明哲懃迹駭衷無情以處

蕭驃騎讓豫司二州表

臣某言臣傾心駐氣不蒙春感憂龍豈交鏡中寐再驚謝中臣聞國曆惟燿則藩伯緝其才朝緯伊序則方率司其度用能璿紐弗虧民教可變者也臣自少器業無聞弘大誤變燕鼎超憑吳舟託翰負組假翼要瓊質圖玄素文寫青艧爵富諸公任高群彥銓梁既失輻諸所湊雖灰影毗道苟身賛德朝徽不昭民聽具溢豈非性力知限鑒度有崖乘茲而處猶懼叅辱之恥況此以任何堪湧溢之賜且董督條與蓋非盛古至乃河襄初授或體兼上才江表廣任或功爲物首

臣績陋於國不勤眷朝寵集君是非所尅敢終抱寸襟重露愚見伏願天鑄廣栽地靈厚載特垂躅渥使不矜盈則藿質蓬性庶無矯奪不任匪晏之情

蕭驃騎發徐州三五敎

州府紀綱沈攸之背慢靈極稽誅之日久矣況稱兵江漢之上圖釁廟闕之下惡熾罪盈民靈所絕朝廷以尅辰纂嚴令輿夙駕吾任先責遠義兼常慨挺刃投袂信見其時方當水斬龍蛟陸斷犀兕雖烈士銜志壯夫投槩然雲羅旣舒宜廣威防所統郡縣便普三五咸依舊格以赴戎麾主者飛火施行

蕭驃騎上頓表

臣某言伏見明詔鑾輿便御親六師臣又諮惣群師竊聞金火告燿昏明代卷雲電溉湊經綸相襲所以草昧縣寓昭晰區宙況乃逆徒阻兵器掩西服雖蟻衆鼠竊勢必褫散然壽仍難貸原煙易滅臣受筭內摠稜威外閫按甲視夕沾襟待旦翦此凶渠庶匪曠旬但遂玉軫躬臨雲蹕親駕悚悚慨交心實百常憤令便嚴率所統

尅此月二十六日出次戎郊故已望江源以軫歎想荆山而增厲矣進止之宜更聽勑旨不任悚企匪寧之心

蕭驃騎築新亭壘埋枯骸教

府州綱紀夫汝南稱慈諒由掩胔廣漢流仁實存殯朽近𢑱製茲營崇堞浚壍古墟㚘隧時有湮移深松茂草或到刋薙憑壙動懷延隍增愴宜並爲收改毁兾祀主局詳辦施行

蕭驃騎謝被侍中慰勞表

臣某言即日侍中祕書監臣戢至奉宣詔旨慰勞便受國中帷練甲外壘旍麾蔽景輿徒競氣人懷秋嚴士蓄霜斷晦蒐已掩氛竪未懸稽鉞竚威寢興震慨令王人臨郊皇華降庭煇燿望實將激威武戴鶡之夫迎光蹀恩投石之師攀炤竦惠楚纊越醪方茲匪潤臣忝屬閫私彌抱渥洽不任下情

蕭驃騎慶平賊表

臣某言狂賊沈攸之棄天犯紀毁禮滅緯外陵南畿內壘西夏讋讋涵氣咸百讎憤賴皇威遐制𤩽圖廣馭四海競順其會如林仰綴宗稷之

靈俯輯士民之効故嚴効裁交妖鋒折首凱期
旣昇樂飲在晨斯乃紫曆方永蒼氓同慶臣備
符寵私時深抃舞不任踴躍之情

蕭驃騎解嚴輸黃鉞表

臣某言逆沴電熾凶妖霧舒志夫禋天情已類
社故乃馳羽江郊驚燧山甸雖藏智審其點戮
亟識判其奔沮然兵扈難輕義險宜備故膺寵
無辭奉鉞不謙今元凶旣殪醜徒自紊祲靄方
卷郢氛已廓樂琯登肆禮衣曳朝不宜復假殊
服取鈇桼則輒上還王府永戢祕館

蕭驃騎讓太尉增封第三表

臣某言以鉉司崇貴袞位淵嚴非德非功無忝
無濫故誓寬肆請舒衷仰謁不能曲流茲炤遂
乃徒洽恩獎周覽未交靈爽以懼中謝臣歷古沿
圖循遠訪繒未嘗不麗選台妙簡槐采者也曾
鄭之賢戚曹蕭之勳彥吳鄧之盛功王鍾之素
業孔明之居蜀茂弘之在晉皆僉曰伊人是以
處無懦色臣官逢昌世運漸時明頻煩紫渥綢
繆璿命身薄施厚感厲愈深遂負機繩之託猥
集衡梁之任風軌不樹徽猷罕宣無以式翦冠

兆載弭姦義致虹沴阻於上京蜺妖扇於下國寔賴藩作鞠旅侯甸入守攙槍旬始煙祛霧卷故皇道威稜之由神緯昭昌之効臣豈有探虜察幽之智攻城野戰之力哉今迹無小功事貽大賞愧寤終朝慙夢流夜咨此庸弱何以任忝伏惟淮泗猶梗趙魏未賓中源久蕪神州方翳思樂盛猷願厲聲頌將陪雲驂以北守扈朝服以濟師乃爲少雪庸誠微謝天眷耳寧容遽竊茂爵輕須鴻名者乎伏願聖渥遐覃賜以矜宥霈焉垂仁穆然惠德血祈旦亮懺志夕滿雖蹈庇戾猶深抃躍

蕭驃騎讓太尉增封表

臣某言撰心求私精衷請亮情不感神理無動天詔飾旣降辭表是絕朱紱方臻金鉉未宥媿慮再馳詵然跂席臣局志久戰淺槩已領具煩寸管備牘尺史曠旬浹景祈指遂宜猶謂設品分職實以仰銓壁緯列寵縣榮故乃俯酌瑤陛迹聯盈缺道協與降上眷所以僉舉前英所以詳能今若第隨私貴爵與私富紊蕩經邦斷折民紀豈可還風中葉遜聽遐代者也臣才之往

賢績謝古列妖鋒孽火將炎天地幸郊甸或靜江山以閲文軒華劍既榮既峻侯[redacted]桂食又盈又滿祿高詣厚任重責深弱節兼誠誓思不淺伏願隆慈特垂明愍臣奉國猶家慮公若私秉軸之鈞心希在治不任懇懇之情

蕭驃騎讓油幢表

臣某言奉詔賜車一乘竊以國容方穆旗章式序朝禮求清儀服咸貫故象革建鑣尚烱明圖朱箱玄蓋猶炤漢篆皆旌羽勿差功庸匪濫臣忝爵山重蒙榮海深襲恩祗冊已慙初筮浮祿素位方疚心路鑒古以惕巡世罔然不宜假文丹幰空飾皁轄仰思至道俯恤物僭伏願聖遠特停華渥書愚上請追深累懼不任下情

梁江文通集卷第七

初五燈下讀

梁江文通集卷第七

特停華渥曲追上請追深畏灑不任下情

丹懷空斷草轎仰思至道俯恤物情伏願聖慈

素位方效心路鑒古以惕無由同然不宜假文

忝爵山重榮深海深襲恩祇冊已惠加毀淳祿

未稽文蓋循陷漢策皆旌羽翮效功庸匪濫臣

亮朝豐末清議服成實故多車蓮纁尚粉明圖

臣某言奉詔賜車一乘輜以園容方穩旗章左

蕭驃騎讓油幢表

軸之飾心希在治不任懇懇之情

伏願陛下特垂明察臣奉國殞深寵公若私矣

又滿祿高器主重責深弱節兼誠豈思不沒

江山以閑文軒華飾既榮既峻侯■桂食又盈

貿績謝古列妖錄墜人將芬天地幸邠回戾請

蕭太尉上便宜表

臣公言臣聞經邦緯治去華爲急體國字民循素乃安聖諧遺風具騰丹冊賢言末流備宣青史何嘗不翦削浮奢銷遣文繪然後頌音載興澤洽式廣楚駕百馬民雜國彫秦脩萬騎教亡業墜刻桷丹楹禮有常序朱幡皁蓋古無濫秩綵衣綸綬漢置前寄制服恠物周設常刑皆節俗約訓反撲還風肅政黎心釐一民志故禮奢寧儉宣尼之高風以義止利孟軻之宏規若乃文彩利劍道鑿其元彫蟲篆刻世炤其淺雖儒墨異學名法各治至於遵本捨末其槩一也故荀韓之立典君晏之制書賈陸之鴻筆嚴徐之博辭食貨興志鹽鐵生論莫不異說而同僉乖議而共治然世淪物起道缺事遷蓋源起西秦波被東漢一魏不變二晉未革所從來者遠矣泊高祖武皇帝業高縣寓化格區宙菲躬謙度方追堊華納麓之勤約情矯操乃取文命卑宮之義去金錦之巧無帷帳之飾唯脩遠圖綏國之術祈勸力耕濟世之規是以政平刑偃紫階

斯廓大祖文皇帝恭巳明臺之上聽政衢室之
下九官咸靜萬績惟凝亦復務抑華詡思裁奓
太輿馬翠翟之麗斮登乎外禁瑤碧綺組之玩
罕設於內宮故大德立而五路謐鴻名建而四
民寧者也自頃政敎日替敦敎月虧誰惟歷稔
亦日淹紀至乃帝臺傾海外之寶王城盡天下
之祕象席珠履一躡而即收鏤琴綵瑟再撫而
巳損褧衣隨塵而罷羅袂從風而棄百民染其
聲奢萬姓被其馳蕩故閭閻之里富者竊梁楚
之乘伎巧之家豪者襲王公之服於是有文靡

虛麗驕邪不典之器精纖空飾妙蠱非常之玩
農夫勤耨不充浮伎之資蠶女務織無給點刻
之費將恐去實就華未知所屆背源從流不識
其止求國富兵強寧可得乎今江南所宅正漢
魏兩州之地戶口所檢裁文景三郡之民舊齊
故魯鞠爲茂草全趙咸魏豺狼所嘷陛下方欲
鳴鑾中土朝服濟河不改斯術則未見其可也
臣謬屬大任竊同憂泰日晏宵分實忘飢寢草
治其莠職此爲先輒具條便宜可以安邦利民
者事事如右率以聞見謹簡聖聽若其咸允謹

請勑付外施行

讓太傅楊州牧表

崇絶之寵降自白日殊甚之禮墜於青雲祇畏
險盛若奪霓鑒延席無容當軒改色臣聞天
地之大德曰生聖人之大寶曰位將以啓廓靈
緯崇樹神紀百司備列貴賤之分旣炳九官咸
贊升降之際可明故皇極不爽國步斯泰雖金
嬀各政姬華異治未有革序變倫而能流英發
耀者也臣才慙右賢功愧上烈平趙夷魏之氣
無宣於國書濟河登山之威未亮於左史旣罕

龍韜金匱之効又乏樞閭帷中之績衛主寧謂
提横流臣危不足生細民故小節時顯於艱難
大勳無紀乎廊廟而乘軺服冕荷蕭張之賞開
城裂域受曹鄧之爵不能翊教緝政釐濟氓隱
贊邦弘化飾鍪朝輝是以德少寵多輿人立規
才薄位厚處士興議故玉燭未調道治猶鬱者
臣之爲媿也不悟陛下復停日月之華凝煙露
之潤擢臣瑣姿鑒臣陋誠前恩未曠後寵已襲
上公袐鉞聲振都鄙文劒彫舄禮殊軒殿深褒
之逮方今爲絶大賚之降比古爲超臣亦何功

當處斯忝伏願道邈先帝理鏡衆寂被氣順方涵生獲慶特輟策書時停鴻冊則人歌衾平物抱至歡

蕭重讓楊州表

臣某言臣以功狹賞峻世詰所讟才弱寵隆道經所講故寫蒐誓膽庶留天矚圖驕慮滿獲守私吝不能青蘋引風陽燧要景復降綸冊徽采兼明影迹交戰氷煙相薄衷竊聞周夏異章玄素各禮儒道二宗名墨兩教咸以馭俗爲急衾以得人爲寶於是尊官上品乃貽玉振之賢鴻等懋列爲取金聲之彥或有濟世夷難之略煇燿內珉導江疏山之勤纏結中寓深德衍溢大功振驚然後超居國右鬱處朝端故九職惟宣六典式序丹青所以傳其鵠磬瑄所以揚其音也臣才蔽識淺非集譽於鄉曲榮降寵臻乃假翼於皇極遂車等話言之寄任鈞符負圖之重職惣表裏地聯機務位班昔良知闕前脩居官不聞其風處秩焉見其政寰域之治未緝街縣之訟方興繒販之士無薦管庫之家寂寞四維不闢五教罕聞安可以底慎財賦交正庶士者

也今輟和毗道以身贊業尚擿晦梲獲敍璇圖況異禮更飾褒命復崇名超列辟爵擬群后上仁居之猶涵慙德臣實空儒伊何以勝既誣人文將黷玄緯凌歷飛流之青懼失正和晦裂蜺霧之災且濫庶物臣是以寤寐永歎憂國慮私者也伏聞陛下裁天賦品制地平施使曠世之典不遂臻於末躬迴代之軌無頓被於茲日素心丹䫌皦然靡疚矣不任憂迫之情

後讓太傅揚州牧表

臣公言臣再辭非謙重讓靡飾實以爵高中世歷古所難寵冠上俗緜代誰易詳圖辨箴如鏡如水撿崖覽志匪彫匪文蒐祈夢請駐心桂氣陛下猶降以璽書之榮被以丹碧之采頓然變容一慮九逝謝臣以爲寒暑懸乎平分晦明驗乎天道咎譽起於微薄得各生於小疵故金衡既陳錯髮之異必縣銅墨咸設分撮之殊已傾聖哲不能爽鬼神莫由避況臣鄙槩早盈陋才夕溢第超庶后禮絕群班仰贊東序之賓平參北宮之政窮盈極滿於斯爲甚鑒茲降替淵氷非譬所以坐洞房而不悟下輕帷而嘆息也古

之馭教當有道焉量能而受賞撰智而錫位深乃裂組遠故分珪前人以爲稱首昔人以爲美詠自非上德横乎天地高績格于區宇烈顯懿於一時茂名鬱乎當世者豈有降今日而莫先哉臣爰蒙殊寄六稔遂交及荷惣任二燿忽周未能塞謗生民獲免僮訟何盛勳之足題詎深烈之可銘乎而因委忝濫踰溢倫等朱軒躍馬光出電入貂冠紫綬寵藹霞炤臣聞闔宗奉國猶非報殉方將身侍鑾華雪齊魯之侵地手執羈靮鶩燕趙之遠郊然後追迹范張濯纓汾射臣之志也華爵盛典非所敢寧伏炤右巡將流聖察無使匹槩血誠不諒於璿扆宏芬英猷遂蕪於里聽豈伊庸臣獨去其庇亦曰海隅咸被其利焉

蕭被侍中敦勸表

臣公言即日侍中臣惠基給事黄門侍郎臣王僧珍至朱蓋乘雲玄軒肅霧墜高天之旨集微臣之軀神爽懼然斂影無地謝臣初長血心未啓素槩辭從意空言隨事盡不能降陛下一時之恩借俄頃之炤遂枉近侍貂簪軾庭臣自亮

無庸何以集此退咎慊誠悲枉垂光進戒朝訓
虧茲盛序感慮躑躅榮結夢寐臣撿古少例巡
今逾疑豈有妄叨天功虛竊上賞近謬國華坐
取隆貴人見其過外惜皇猷內畏私眚昔西京
鼎秩漢世權家丹墀綱戶擊鍾連騎何常不以
驕滿貽戾謙冲要福者哉臣不能遵煙洲而謝
岐伯迎雲山而揖許由激昂榮華之間沈潛印
組之內先飾既超寵靈亦遠江左已來罕見其
倫今位冠朝端通侯萬戶結象弭於前衡奏金
管於後陣都野宗其榮盛視聽敬其炎貴臣一

旦居之誰以爲不忝者乎而陛下猶崇以異禮
者是增臣之戾也況復肅延華勸實深窘迫伏
願俯矜單志賜遂前請則世寢橫議臣蒙綏責

蕭被尚書敦勸重讓表

臣公言臣五爲丹款宜蒙凝炤一降王人遂無
竭察復遣尚書臣彧兼侍中臣奐等奉宣慈靈
重賜勉誨鏡伏迴環憫默失圖心嵬交懅淵谷
匪譬中謝臣自初被詔迄于今時載慙載疑以悚
以厲豈非深懼鴻典永憂末躬故琴瑟徒鳴不
傳廣樂之響燈燼空舉焉續經星之耀何則卓

乎小者不足以任太守于蔽者不可以語通臣器乏淵源識暗機務倫濟夷險每憑瞽曆之遠龕折氛蜺輙資群才之効臣寧有探竒鑒隱之能網國提民之功乎不謂過延渥洽謬攀河漢榮宗葴蓋寵華暐映藉聲探議共知其幸况傳保之崇舩周特貴牧司之寄魏晉稱重上昭妙德次擬英勳有踰兹序尠不紊裂今陛下方闢金門之聽調繡扆之政何得去禮廢雅近於臣始旣無前章孰表後世臣才孤位峻待罪無日矣情衰理感事盡於斯伏願一運天景微見藿心則物不逃形臣何恨焉不勝燋憂狼狽之至

蕭讓劒履殊禮表

臣公言近仰蹋感靈辭移理奪故欲冒忝傳識必避殊禮不悟復凝令詔雕飾非常鏄睇末周金火交處中謝臣聞寵以昭賢不濫才外之華榮以麗身豈謀分表之渥哲后所以命授貞臣所以愼荷故行珪行玉尚無輕頒一爵一號猶宜詳品況劒舄升陛賛唱異儀殆爲對越神體抗禮天極漢魏舊載唯斯稱重雖英衮造朝賢武滿世嘗此典者乃曠古時降耳諒由功饒賞結

名高器深金蟬綠綬未[redacted]藹其采瓊珮朱紱不
足宣其榮方加以履殿優以勿趨[redacted]至弟爲上
公貴爲皇王佇望慈禮猶邈如辶臣何燀業[redacted]
兼昔人且今所慮受以懼覆海豈復聞殊旨增
其憂迮抱此愚欵以殯爲請伏願天慈順臣所
守則雖歿九幽傳榮萬葉矣

蕭拜太尉楊州牧表

玄文既降雕牒增輝禮謁前英寵華昔典仰震
威容俯慙陋識心兢戰慄若殞若殯[illegible]中臣景能
驗才無假外鏡撰已練志乂測內涯故讓不飾

迹辭非謙距寸亮尺素頻觸瑤纊丹情實理備
塵珠晃而神居寂阻九重嚴絕徒悚漢臣伏闕
之誠競無魯人廻日之感所以廻懼鴻威後奔
殊令者也旣而永鑒隆魏緬思宏晉國之大政
在功與位故[redacted]民紐亂不處輿臺之下去勳捨
德寧班袞司之上咸以休對性業裁成器璽詎
有移風變範剋耀倫序者乎臣績不炤忠豈宜
國名爵赫曦僶俛優忝陛下乆超以異禮之榮
越次殊常之秩雖寢寐矜戰由垂哀亮而璽冊
冲正愈賜砥礪今便肅順天誥恭聞眷典審躬

酌私必跂危撓將恐坻俗由此方擾執訓以之交蕪臣豈不勉智罄忠也未知所以報奉淵聖輸感霄極取諸微躬長爲勲荷

蕭大尉子姪爲領軍江州兖州豫州淮南黃門謝啓

臣公言臣頻結崇寵亟延上爵休恩動俗烈榮振古鴻品清飾巳藹金圖秀鼎號銘共茂瑶篆永言祇慶鑒寐躬心況乃秩洽朝門慶霑國珮弱息臣諱嶷映晃等文不昭典武不定功出內帷闥升降貂紱或振迹領候職贊禁鑰或騰光江甸任鈞屏翼河兖衝要既濫北門之管淮豫險捍又謬西偏之寄兄子臣鸞忝守近畿嫡孫臣某載華省闥皆倏忽晷景頻煩升荷雖咸罄愚識恪居匪替豈足以少塞神渥裁酬皇眷囂黷一盈慙厲彌積談天之辨不能爲臣陳辭雕龍之文無以爲臣飾愧靜然肅念徘徊交集不任憂感沐浴之情

蕭太傅謝追贈父祖表

臣公言即日兼謁者僕射姓々名々奉宣詔書追贈臣亡祖某太常卿亡父某爲散騎常侍特進左

臣亡祖某太常卿亡父某為散騎常侍特進左
臣公言卯日兼謁者僕射姓名奉宣詔書追贈

蕭大傅謝追贈父祖表

任憂感沐浴之情
竊之文無以為臣節所愧辭然蕭合淮徊文集不
贊一盞燕屬彌積談天之辨不能為臣東辭雖
愚識格居匪敬豈足以步寒神遙數酬皇眷
臣某輒詣闕陳情伏忍恩須貢升荷殊盛
臨桿文謬西偏之寄元于臣竊泰守近幾孫
江甸任紛蓬翼河秀充衛要與濫北門之寄淮豫
淮關升降紛綬或振迹須臾擁贊其端或驪光
鍔息臣雖歲與昌奪文不昭典武不究功出內
永言慚屬鑒寐所心況乃秩洽朝門慶雷國朔
兼古鴻品清飾已薄金圖秀鼎號銘共成瑾莫
臣公言臣須結崇寵頂延上聞休恩動俗烈榮

南黃門謝啓

蕭大尉子姪為[illegible]軍江州充州豫州淮
輸感雷橋取諸微物長為軌哲
交無臣豈不免猶驕也未知所以韓奉淵聖
酌私必承匡境將恐鄰俗由此方變輕言以之

光祿大夫寵煇泉扃恩凝松石奉渥銘心紙光
慟慮謝中臣行阻祇玄躬早荼棘如創之痛㒵日
不追終身之恤霜露彌感雖慙曾輿喬木之敬
實抱仲路華轂之哀自謬藉珪金空貽組紱爵
侈於公祿盈於私何嘗不靜欷其結默慕交深
不悟耆孝動天昭性曠古恵被遠紀澤演慶世
丹請靡諒峻冊愈凝大榮集身尚驚異施況寵
洽山拍特振殊造銷骨瀝命猶不勝謝不任鯁
泗荷珮之誠

蕭大傅東耕教

三府二州綱紀夫寶農賤貨綵炤周滕巡耕去
販光炎漢籙故能業滋都野產殷絃縣吾丘屬
弘寄思闡治源慮以[redacted]感情以宵嘆令玄司調
氣青祇佇節陳[redacted]既柔服[redacted]方秀電爍有期桐
萌無遠便當躬速紺耦道先列辟事均暫勞迹
在永豫可刻日備辦詳典施行

蕭太傅辭輿駕親幸表

臣公言近以神輿將降吕啓丹辭重被還旨未
垂閶允謙尊彌光褒優愈臨慙疚既積敢忘謙
請臣乗幸藉私豈曰無僭攀霞鏡月非復常所

此必讓德信在於茲但恩嚴交洎固守莫從免默恭典伊榮加戚寧容爰枉鑾駕式警臣府訪心驗已諒以不夷求物校迹誓無此義且古今異飾幽青變禮取諸臣躬未覿其安伏願陛下賜止晃輅時停雲駕則俗踐知方臣蹈厚泰

蕭讓前部羽葆鼓吹表

臣聞國容軍禮旌羽昭其華品騎第乘鑾蕤藹其飾所以炎燿仙都崇麗神境世敎以之垂彩民聽以之流文故勒岫銘海之功鞞革寫其詠龕難夷邦之業簫管凝其聲朱鷺玄雲既錫上德華山芳樹以須奇勲爰及台賢位高藩戚名沿恩炤寵垂私賞皆爲發吹後陣豈曰兼奏前軒玆典罕行此禮實曠臣竊服巳弘叨光無限才局秩遠常銜烱燿安可二葆同鳌雙弄頓驚覽躬惕然特貽厚謬伏願明爍日月靡忘情鑒將停盛飾遂臣慊心則涵惠既饒恭錫多矣

謝開府辟召表

臣公言近被詔旨賜令臣府自辟僚賢竊聞治以才爲寶敎以人爲貴激風揚蕤簮資山東之英凝華重馥良在關西之彦近以闡耀世經發

麗朝序今州策郡聘茲禮尚埂台召鉉辟斯文
亟畯豈非盛美難嗣故曠寂先芬者哉臣謬賛
國機職宜水鑒未能澄刑炤藝厲品任宫既乖
復業彌感深寄仰屬皇心遥覃察政洞俗弘此
懿典崇臣遠寵輙祗眷恩謹宣巖壑庶幽居之
士蘿薜可卷竒武異文無絶於古

蕭上銅鐘芝草衆瑞表

臣公言臣聞象際懸通豈以明昧岨運幽崖遥
鏄不以人靈異諜威書壁誥既信其綵綠鱗丹
字彌驗其文是以業鵠鴻經則煙露呈炤精昭

景緯則川岳發華故寳鼎白雲瑞集軒世芝房
赤鴈祥委漢年玄石鴻鐘遠炳晋室玉璧彝器
近耀是宗自大明乗規泰始疊矩朱髦素毳之
至史不絶書竒葉珍柯之獻府無虚月今懋曆
啓圖靈基再固頃歲以來禎應四塞近獲豫州
刺史劉懐珍解稱所統建寧郡建寧縣吕村民
於万山中採藥忽聞異響從石上得銅鐘一枚
長二尺一寸遠像古鑄近乖今製又州界之内
樹生連理二木隔澗滕枝相通越壑跨水合爲
一榦方之舊説彌復爲貴宣城所統臨城縣山

中獲草一株交柯攢莖紫蓋黃裏貞潤暐曄自然天華採掇歷時質色不變[redacted]柄據有徵近獲吳興太守臣王奐云十一月二十九日解所統長城縣令臣張攜解稱其月二十五日甘露降縣東界下山之陰又東太守臣臘解所統武進令臣紀法宗云十一月十日解稱其月二十四日甘露降於彭山松樹至九日又降如初臣以祥緯雜沓星燭波連斯乃靈迹深覃眷褒質感理應寫順祇無滙祕稽往徵古僉欣升泰瑶光日闡玉繩永休謹拜表遣兼長史參軍臣姓名奉銅鍾芝草以聞

梁江文通集卷第八

初七日校

梁江文通集卷第九

蕭讓太傅相國齊公十郡九錫表

備九錫之禮非常之冊分天而降冠古之典開河而出遥然以斬寬交象魏謝中臣聞日月權輿二儀所以剖靈君臣設極三統所以式固惟生與位謂之大寶辨諸文而尊卑既炳觀群龍而貴賤可正雖復殷因於夏王資於帝至平建侯分職體國經野其揆一焉是以二周之始山河愈廣兩漢之初封賞彌盛然表東海者實牧野之日瞻魯邦者乃負圖之辰西都英相信命世之功闢中上宰亦龕亂之力秬鬯彤弓本西伯之賞虎賁戎路又晉公之典若乃衣裳盟會九合一匡猶慙德斯禮也臣實鄙才靡識大體徒以忠貞爲槩而勞不足銘雖以丹素爲誠而功無可勒豈有經天緯地之略探隱炤寂之智哉抑亦何術以堪盛休是以覽雲際而懐古憑軒幌而未寧也伏惟陛下神華馭世理無不鏡賜臣待謗今職守其私滿則天下有道庶人不疑矣

第二表

臣公言臣近勵心鑿辭寫情畢議眇望神藻鑒
見丹襟而帝閽以祕論詰方明中庶卷容左右
軫慮謝臣以爲麗天秉經君上之彛憲儀地執
緯臣下之恒軌故皇極載凝庶士交慎昔者重
黎勤官裁居炎冥之職羲叔能任方掌日月之
序至乎御龍勤夏未聞冠俗之爵大彭翼商豈
見超世之典以古先哲后如兹之慎賞也臣乃
謬貽國寄志在靜難若夫野戰虹蜺伏順者易
爲威城攻鯨鯢奉國者理必全雲氣薄蝕下民
咸貴其明恃險輿馬舟中皆可異議故昌邑有

歸邸吳楚無旋師斯激芬揚甤物同其幸焚惡
去醜世共其庇實爲仰憑俯順之効臣亦何力
之有焉竊謂祿爲十郡必俟禹迹之勤錫以九
命乃須周公之美況呂梁不鑿而器重玄珪越
裳未獻而賦擬千乘京關識其崇貴織服知其
忝冒鏡前脩而慙形覿往德而聳慮畏崖之請
取誓深木審量之祈呈熖瞰景伏願陛下遠牽
雄範近覽英規憑霞停詔臨風輟恩豈伊愚臣
方獨昌化具日遺氓咸蒙其賴矣

被百僚敦勸受表

後百僚致勸受表

方獨昌化其日遺跋屬榮其賴矣
准乾近覺英規遷霄停臨風轍恩豈伊愚臣
取普深木審量之所星溫嶼景伏願陛下遠章
忝冒鏡前愴而惠形讀往德而肇膺異違之請
寰未獻而賦擬千乘京闕藏其崇貴幾限知其
命乃須周之久美況呂梁不鑿而話重玄珠越
之有言籠謂森為十載必俟禹跡之勤鑄以九
方醜世共其底實為仰遷佛之功臣亦何力
歸耶場楚無統師斯激芬揚辭鄉同其幸焚惡

一九　二

承貴其明特險與馬舟中啓可畏議故昌臣有
為威城攻險違泰國若理必全雲氣薄飽下民
諺蹈圖寄志在韓難若夫野戰虹蜺休順者易
見趙世之典以古先哲后如茲之慎賞也臣乃
序王平御龍勤夏未聞冠冕之爵大法冀商豈
黎勤宜赦居炎宜之職義赦能任方章日月之
縉臣下之恒軌故皇極載宣庶士文慎昔者重
轉憲御臣以為麗天秉繇君上之尊寶儀地執
見丹標而帝閣以秘論諧方明中庶務於右
臣公言臣近嚮心蘧辭焉情畢議以䇿神藻澡

臣公言臣欵誠素履頻載縑翰天飾高奨累降
史筆即日尚書臣某等至重宣詔旨猥辱一日僚
省睇未交心靈已悸（中謝）臣聞良宰謀朝不必借
咸貞臣衛主脩已則足故驕滿之失取鏡函闗
謙測之美見炤伊熙臣本庸人識無遠度籍朋
闢之辰遭攙搶之運姦回内奰則戮力瓊都諸
侯放命則抗節瑤祀秉號仗義幸不辱威皆爲
冕旒遥鑒之明群士畫圖之助臣寧望伊摯叔
旦之爵呂牙申明之賞哉方欲謝簪東都濯冠
汾陽不悟威禮華典復臻於兹靜默迴環祗畏
躑躅猶謂遇聰明之朝當時雍之世陛下詠堯
風之化歌卿雲之詩日月華采萬方獲性疊慮
仰祈必蒙題品而威嚴窮絶斯冀遂阻鑾輿玉
駕復許敦幸重臣衍恧悔無地自安便當謹恭鴻
命竭身爲限

蕭拜相國齊公十郡九錫章

殊命寶典鬱降雲天采詔軒騎光流城禦震驚
華禮神氣交越（中謝）臣才謝深英器慙遠度進寡
兵車召陵之盟退靡朝歌河内之會無東馬山
戎之績懸車流沙之功故望寵未安戢榮加懼

況納陛朱戶事絶群班金璽綠綬儀忝鴻典闢
命屏營以憂以墜近申微款日月之鑒既阻方
懼難慊蘭芳之旨愈峻遂致百辟卿后踟蹰於
衛闕鑾輅旗旂方幸於臣府悵然遥慮將貽厚
戾文章徒單迄無蠲省而天威咫尺丹懷罔固
輒肅恭文物翹拜禁禮違距以深追增怵迫德
輶寵盛於斯爲微非臣鄙虚所能酬對

蕭相國讓進爵爲王第二表

臣結慮歸請三辰未鏡傾蒐仰視九天弥阻重
炳徽策再晰光誥理晦情震若涉嚴淵中謝臣業
不出世績未逮古謬藉明政陳力就列艱多智
寡翊贊罔樹若乃洪範不脩鍾綴旒之日九黎
亂政當擁軸之辰雖瀝命奉時蘭禍提下亟防
明之陋貽慙昔人杜險之蔽取愧前英故十萬
之師無集豪行之邸千金之貴恒單白藏之府
戈船發於江湖戎車出於石城然後雲徹席卷
虔劉巨禍臣實恧焉不悟上賞亟降華爵必集
雖延首紫扃翹意宸居執爲守約之志既謝簡
鑒避賢辭智之請終無開允故受任專征遠邇
知寵肇封四履候甸推禮昔虞思勤夏不列殊

物之錫晉叔臣周豈須上公之典燕藩懿親裁
蒙衮舃之榮梁國戚屬方忝旌旗之貴而臣包
括庶揆惣納儀形蓋出近古非三代之遠體也
今復乃踰九命爰超五等域中之稱麗天作則
探情顧抱豈所允安者哉伏願陛下一檢丹崖
遂臣慊心無使怵迫深貽庇矣

蕭相國拜齊王表

臣無佐夏臣殷之功威晉服楚之績業不題於
宗器聲靡記於彝典而超居上禮邈乘峻爵靜
念隆替焦原非譬中謝臣以為衆官咸事帝謨所

以式序群后剋讓王猷所以載穆況臣訪德語
勤未洎伊稷之能藉靈懷寵以濫周邵之秩故
駐蒐仰請瀝意歸聞理竭素牒事罄丹史具徽
太微備簡玉繩而才輶志淺隔景絕炤朱輪之
使日月亟紆金鑾之尊旦夕將拂巡情覽識豈
伊寧處今便肅典內軒恭服外屏大夫有命古
或無違王假有廟今臣為叨三省空懦震據于
心

齊王謝冕旒諸法物表

臣王言以軒冕雲蹕既非常之飾宮懸玉戚乃

配天之禮故呈襟効慮必期蠲亮重被還旨芳訊愈越鏡伏殊私情影遠震謝中昔大啓營立耒備樹羽之賞先宅曲阜始兼龍旂之貴況道狹慶隆身薄器尊粉璽爭輝璪火鏡耀夫太常圖列星之采華蓋觀古人之情所以聳絕百縣崇隔萬寓鳳閣因此而神瓊都由茲而麗故愧功慙德違儀避■誠不遥孚理無覺達遂貽嚴詰爰斷辭表驚慄遲廻祈鑒何地便當肅對王休敬昭異寵佩服感文以慨以懼

齊王讓禪表

遠規唐虞永揖之典近暮漢魏高樹之禮既覽金水昏明之數又協雲電隆替之徵激風太上扇采至公聞命驚爽心靈殞越謝中臣聞天地草昧而樹之君所以平對二儀顯臨萬國膺符受曆惣明司幽軒轅陟祚首出庶物顓頊登庸作爲民紀雖五德迭興十代繼運非賢非睿莫預斯位若乃與能之交禪錫之會豈伊虛薄所可尋擬昔傅巖佐商秩終上公皤溪翼周名極列伯臣才非昔人功愧遠聖嶽訟不往謳歌寧歸河之馬圖之寶天無乗龍之錫元首股肱誓不

可異而曠棄之軌忽臻於茲慙慨憂灼罔識其際伏願陛下貴舜禹之心臣守巢由之節則道燿日月澤浸飛泳聲振開闢仁動今古四三王而六五帝不亦休哉

遣大使巡詔

門下昔明王馭世巡嶽采政睿后司朝觀俗調化故生無鬱滯物獲脩通黴風拯患於玆爲急朕以輪薄昧于大道因璿璣之曆遵五德之運緬鑒前哲寤寐永歎思所以闢訪治靈詢求民瘼才寡務殷若無津滐故以情深危薄心疚夙夜矣可普遣大使分行四方推賢薦能問疾舉滯若其采野不闕犴訟有虧妨㻌利害擾黷政經者具以奏聞如其讜言嘉話真士智才亦依名騰上隨事均量務取厥中朕將親覽以弘遠化

賜赦交州詔

門下交部昔值時詖負海不朝因迷遂往歸欵莫由今創制萬寓烟熅造物原形四裔澤浹中畿憋彼邊氓未均王化宜弘遠仁蕩以更始可由赦彼州統內咸同曠蕩李叔獻一人即撫南

土其股肱文武詳材選推并遣大使宣揚朝旨

斷募士詔

門下設募取將懸賞購士蓋出權宜非曰經制頃者民罹氛祲世襲艱阻因時流故浸以成俗斯風蕩而未返且滋長遁逸開罪山湖遂乃鯨刑不辱草竊無咎平政察洽萌合甄革自今巳後可悉斷衆募

封江冠軍等詔

門下締基緯業庤功攸急開曆闡祚酬庸為先故以式諧曩書載炳前執文仲假等或成亮艱危効彰屯詖皆績幹兩宣勤國兼立並各分珪社以酬厥勞諡

大赦詔

門下朕思弘風教而刑圄猶積永言前烈蔬歎載懷今優端告始郡后執贄治洽樂交華夷同泰雖和聽擊石采愧卿雲然景業初基義深恒典慶動玄靈歡溢都縣惆彼幽黔猶隔茲澤思我兆民共熙至化十

北伐詔

門下朕統曆馭政志包函夏庶戀文軌無思不

服而遯焉狡虜久爲邊虞及宋末不庭授策垂
律北州外淪威風內毀鑒彼隆替慨歎盈懷晃
旒濟河翦彼凶狄咸秩中岳望祀汾陰則聲教
暨矣猶以經綸惟始恩化甫洽勞民擾衆爲政
所重故方輟六師按經九伐今淮泗告驚羽書
馳聞醜羯妖燼送死北垂徵天人之數撫自來
之會無勞遠兵剿撲爲易蓋因茲大號蕩其巢
藪可遣使某官組甲十萬鐵騎千馬斜趣潁洛
衝其要津某官某虎旅八萬舳艫數千泝淮長
驅稜威青汴某官某舟師五萬直出淮淝某官

控江右之銳駱驛既進某官某率羽林勁勇爲
水陸形援某官某甲等並率義勇之衆午盡犄
角之機戎車戒路事宜悤一使持節都督南徐
兗二州諸軍事後軍將軍南徐州刺史長沙王
晃出次江都爲衆軍節度驍雄競奮火烈風掃
剋定中原肅清河路便可內外纂嚴以時備辦

王僕射爲左僕射詔

門下端貳樞祕寔惟國禎緝典宣機所寄時彦
尚書右僕射領吏部尚書南昌縣開國公儉器
懷明亮風情峻遠業積珪璋才兼經緯況乃節

亮惟喉譽敷端揆升授之宜蓋允具瞻可左僕射

王撫軍爲安東吳興詔

門下震澤郛奧撫馭須才都官尚書撫軍潯陽郡開國公敬則志幹貞烈秉情開敏忠勤之至形乎出内必能綏懷大邦尅隆美政

曲赦丹陽等四郡詔

門下朕興言民瘼昧旦求政所以庶存簡惠緝兹治道而玉燭未調祥風尚鬱京輔及二吳昔歲水災秋登既罕今兹癘疾罹患者多納隍之歎爲矜良深可曲赦楊州所統丹陽吳興南徐州所統義興等四郡其遭水左劇之縣自今年以前三調未充而處例已畢官長局吏應共備賞者雖即事爲愆情在可亮外詳所際以弘優澤

王僕射領太子詹事詔

門下管司東朝歷代所重自非國華莫允斯任侍中尚書左僕射南昌縣開國公儉鑒識清贍理懷秀澈績亮朝端譽敷僉議賛業攸光物聽斯緝宜惣二官以穆彝序

何詹事爲吏部尚書詔

門下官人之職實難其選所以弼諧彝品謨明庶績今思治惟急彌不可曠侍中太子詹事戢業襲脩平體識詳隱自升官闈美譽咸聞必能無懈于位爕玆流序

王侍中爲南蠻校尉詔

門下荆楚殷曠任重寄深毗左之選非良勿授侍中領秘書監驍騎將軍奐秉心貞元志局閑亮績譽之美在公屢彰必能賛政南紀播惠西夏

王光祿爲征南湘州詔

門下衡岳名區荆湘奥壤自頃凋弊綏撫須賢侍中光祿大夫丹陽尹僧文德襲淹邃識局詳正冲素之朝望攸歸歷職之庸載懐僉聽往任沅湘餘惠在民今宜重敷善政申此懿績

柳僕射爲南兖州詔

門下河兖衝要維扞中畿司牧之任宜詳其授後將軍領軍新除尚書左僕射湞陽郡國公世隆業體淹濟思情通敏功書王府積彰累任必能宣弘恩政威懐萬里雖衰疾毀頓而禮有權

奪

王僕射加兵詔

門下散騎常侍尚書左僕射太子詹事南昌縣開國公儉忠款昭著任寄隆深既光朝猷允屬民聽宜增威飾以崇望實可加兵二百

立學詔

門下夫膠庠之典彝倫攸先所以昭振才端啓發性緒弘世字甿納之軌儀是故五禮之迹可傳六樂之容不泯朕自膺曆受圖志闡經訓且有群寮奏議橫集以戎車屢警文教未敷思樂辟雍永言多慨今關燧無虞時和歲稔遠邇同風華夷慕義便可式遵前準脩建教學精選儒官廣延國胄

王鎮軍爲中書令右光祿詔

門下綸言要密歷選爲難優秩崇顯允在舊德使持節都督江州豫州之新蔡晉熙二郡諸軍事鎮南將軍江州刺史延之業履冲約秉情閑素譽彰頻試績著累朝自居南服徽庸剋舉宜升寵章管兼樞祕

張令爲太常領國子祭酒詔

門下庠議既敷縉紳攸屬師氏之任宜歸儒素散騎常侍中書令驍騎將軍揚州大中正緒器識清簡理懷恬約譽洽朝聞聲緝民聽必能闡揚玄宗式範冑子兼掌宗伯望實惟宜

蕭冠軍進號征虜詔

門下維翰之重實資名品使持節都督郢州司州之義陽諸軍事冠軍將軍郢州刺史南昌縣開國侯鸞體局弘濟器棵端敏自莅任夏首美政膀流必能聿宣國化以庇人瘼宜崇顯秩允茲聲望

褚侍中爲征北長史詔

門下蕃佐須才非良莫寄侍中領步兵校尉炫識業清悟思懷掩暢出内之譽日聞其美宜弼諧親屛以申茂績

十二日冊中校

梁江文通集卷第九

梁江文通集卷第十

齊太祖高皇帝誄

日月鬱華風雲黯色傷動紫微悲匝璇樞嗚呼哀哉粤夏四月辛卯將遷座于泰安陵龍鑾旣整羽衛以陳深酸舊物掩咽故臣嗣皇帝永訣丹掖叫愁青墀攀神光之一絕動遠邇之何期弓劒有慕纂德寫辭僉曰若稽古聖璿圖靈鏡星樞發祥電光啓命誕惟弱齡惠志聰情如金如璧爰秀爰英於鑠冠歲騰華流藝允文允武克明克睿聿尚登學嚴道遵師宣散五禮優游六詩上炫舊滯旁鏡前疑十釁艷采筆盡麗辭在戈斯悌于親伊孝儉泰共色夷阻一貌遊情黜矩縱心蹈教鄉術式慕州閭是効業優登仕先哲攸懋矧乃寥廓淵規遂構官府天地舟輿宇宙龍靜鳳戢欽奇揜秀昔在帝劉王室放命校焉僞誕晦朔陵正鋒車北軼爟火南盛太祖時乗爰茲發迹塞井滅勳夷竈龕敵賞鏤王圖功彝帝冊乃厲中葉天未歛難兵百袁曹禍十楚漢吴地前崩越壤首亂街號燿感火列金斷聚甲如陵獻俘爲覿比楚保強曾未屈膝雲屯

被野魚麗亘日廟勇既消國圖方匿神冊天開
雄略世出凶劍鱗沈醜戈羽逸隻騎不返蹄輪
無匹厥庸戾止雜珮委他縈鬱閶闔寵重山河
皇彝有文朝采方藹頻煩金紐左右緹蓋眦戎
肅禁絫輦侍旆譽馥區中道蔓氓外河濟國險
淮泗邦塵要藩重設匪賢則親亦既推轂擁土
庇民聲稜絕俗威聸殊隣宋主陵遐紫殿遏密
話言之詔貽在英粹寅亮大實敷綸妙祕世識
機鑒物宗淵懿無夏匪練靡奧不洎三階既馴
五精惟至彭蠡九江 地盡襟製亦有劉範衣纓

是絕躍馬山岫泛舟 河瀅縞鏑星流紅旗電結
鴆翼競扇豺牙爭礪禍纏紫禁兵交丹衛瑶祖
若於金扆如綴朝野傾儀咸歸上德實賴至公
濕家提國懷險寔泰褒危亡必克機遷朝旦功
定曛黑妙物更配具章重則深居攜外遥棲緜
默高秩方臻元禮有序王曰念哉煇寵是與職
褒宮閤任眷文武飾 華麗貂縈金疊組宏猷溢
俗曾芬冠古憬彼朱方亦惟宗秩隂圖食昂潛
謀貫日征輪未誓偏旗衝律原燎既寂世嚚伊
謐爰崇爰貴以望以實鴈縣告靜象郡無虞杳

鬱遠域清麗瓊都國填氓負朝委事虛寔翳折
相嶽曜神居功美旣損道富去益再紐契訓重
臣禹迹方同范張濯情汾射散督山郊解珮松
石頳霞拂朝蒼煙懵夕韻屬玄經恩流金液靈
厭羃德少帝告釁滅慈滅飬抵仁抵信枉獄炎
爐滛刑霜刃封忠翦義[illegible]稚斲櫬惵惵方氓曰
怨曰震妖蜺將崩災裂昊蒼況乃鼎國資滌資
臣臨朝闡命遏昏立綱事緜毗漢義締翼商旣
綏地職亦愁天工權輿典緯俾作司空黼黻琱
戈祐宇升庸徒賜先豪爰永涅沖實曰驃騎巻

迹辭功衰寓睦政幾甸綸風沈氏滔天勃逆舊
楚氣蹂黃池志轢柏舉裂禮紊度毀經棄序黑
騎黥山朱旗頳渚短兵[illegible]長鎩爲群顥如海
岸矗似[illegible]乃霧激離則霰分荆國旣軼郢
縣方焚袁劉二戾焱[illegible]煒發聯謀制外儲兵蘘
內釁激瓊殿勢崩金闕志乘玄璽圖矯祕鉞鴻
妖逝星高祲棄月惟時諸侯上脫下競圖服淆
蕩實綴仁聖煇燿國靈導揚主命曾規近晰深
謩遠鏡左輪朱赭表裏斯定七德飾歌九功綷
詠乃陟上鉉寵文方輝誕錫有秩綵吹旌旗贊

政瑶光翊教太微寔曰太傅爰登相國緝㟧以
禮綜祇以德景福咸湊芳猷允塞羽泳式造紘
縣是則金湯無險軌書攸同廻廻寵迹窈窈膚
功寶珪黛壤俾王于東絢冊是敷懋物旣崇設
業設虡丹懸碧鏞於穆顯相黎元時邕冰州炎
徼來獻其賝鴈海龍關亦柔好音梁鼉棧罶越
險浮深逺戎皆覲上靈必臨山吐石青野降蜜
露瑞芝麗草珍柯爛樹人崩俗締玄緯幽數雕
此妙德跂我王度遘滯炎旻旣變至公萋甤嫣
華文祖受終大宋有訓高撝萬邦容豫慶雲遊

衍南風正服寶位圓光玉繩御繡懷古負黼扆
興丘礙必靜淵漪咸澄勛衮有作黔牖其義矜
畢廣慈合賤兼愛綴機劉賊輕章削罰迹去繁
奓情歸素一軒靡龍刻楹無丹窋越賤申椒楚
輟靈橋陵寢起邑池藻誰縣遥館罕御離房空
鷹惇教路宮淹神正殿斟酌信義左右律禮
彼皇維燁茲國體胄業旣樹璧流方啟漢求金
岫吳寶銅塹寧若睿德讓駟卻劒寔才爲貴唯
功是念火職咸允雲官亦㷍旣皐乃益匪稷伊
夔無缺巡風寧埃辨詩玉燭調文玄英節秉

山呈瑞航海歸闕不曠景冊靡空歲月受緯機
衡兼甄書史孫韓各辨莊墨異理昭政往譎洗
鑠前軌逍遥星斗徙倚涼雲春飈方舞秋鴻初
分式謡式詠載績載文邈哉我后淪沐賢聖盤
品作號盡物歸政蒼黎汰驪玄靈刷慶永戩嘉
祉方寅景命綿詳有文風沛將掩理昧人誠道
懸世險夐略遺圖悒華衜儉文闈陳几翌明告
漸蜆禰闕食日月朏精匑在乘輿宇折宙傾稜
纏鸞掖悲赴紫扃去旋臺之照蘘珠殯之冥鳴
呼哀哉帷宮低景輦路戲光惻柏門之黷黷泣

松帳之茫茫上宮擗而詔御咽群后慕而侍衛
傷攢靈既儼遠日以筮鬱鬯既奠龍酹撤素月
夜橫翠煙曉結摐虛金而下欷吟空蕭而增絕
鳴呼哀哉於是颯天駕而從綺輿澁神行而撫
文輦傍建春而南蹕徑宣陽而東踐尚蓋葛而
未散乍耿默而不轉聆千乘之共啜盼萬騎之
相泫魏后之戀誰惻漢主之懍沛辭金陵之匱
襄降雲陽之杳譪風奇響而駐軒煙異色而低
旆怨街邑之綵驂弔原野之縞蓋挽夫愴而征
馬凝痛縈盈其如帶嗚呼哀哉複林油雲重山

減日御房清凄神路冥謐昭徒肅轟幽祇竦單
攀光灑動臨泉澍泗瑈座長巖雕宮永閟寂帳
寂兮寂巳遂夜釭夜兮夜何遼嗚呼哀哉

宋故尚書左丞孫緬墓誌文

光靈維周肇祀伊衛炤分上代鏡華中世睿誕
降明秀芳嗣烈學惟物範行實士節容與書林
優遊史藝素巾俄[redacted]朱紱累轍來訪詩逸入詢
禮缺麗名文質齊影儒𠷎慶履匪舒沴氣遽結
殞帷兮既晦泉火兮巳閈瞍遺波於遥緒颯流
馨於遠歲

宋故安成王右常侍劉喬墓誌文

丹陽韞聖豐鄉降賢玉葉既積金徽方傳乃毓
伊人剋廣克宣騰芬中屬飛藻上年杳杳虛素
永永沖闈雲意霜柏瓊立氷堅家實以瑩國才
未甄条錯報善茫昧雲玄歛蒐幽石委氣空山
膚若流波身如絕煙芳非一逝美懋徒鐫

宋故銀青光祿大夫孫瓊墓誌文

川祇効鏡岳祥獻明碧葉獨秀瑶源自清幼炳
器譽夙燿才名體兼遷雲學備儒史紫閣咸趨
朱軒既履貴交慕塵素遊企軌騰藻上京振彩

下國如彼綠蘭秉芬四塞紛人逕之不平歎天
路之冥默貴夫君之爲美播靈均與正則

齊故御史中丞孫詵墓誌文

鑰以霜藹蘭以風薰深哉君人寔好斯文系緒
承胄激藹驚芬才基翹粲學參漢雲覽志上載
冾鏡前聞騰名冠俗揚采絕群方勵明世式賛
眷君如何不淑天道雖分敢雕空石永晰幽墳

齊故司徒右長史檀超墓誌文

惟金有銑惟玉有璠君實淵哉行爲世標高志
洒落逸氣寂寥與學內溢深文外照嘉采籍譽

登國振朝亦既有美鑰傷蕙凋人逝運曠世促
道遼永矣仁矣流芳無澆

蕭驃騎祭石頭戰亡文

咸告忠貞之寃曰義惟行首雄實士節嗟爾驍
鷙稟才蹈烈守玉不渝懍氷可折氣彰靡旗情
厲亂轍高墉摧堅巨醜挫銳深痛克矜寃靈及
雩隆恩殊悼臨爾以[illegible]欲千秋同盡百齡一世寃
而有知咸無遠近嗚呼哀哉

蕭太傅東耕呪文

敬呪先穡曰攝提亥春黍稷未華灼爍發雲昭

燿開霞地煦景曖山艷水波側聞晨政實惟民
天競秬獻歲務昳上年有渰踈潤興雨導泉崇
耕巡索均逸共勞命彼倌人稅于青皋羽旗銜
麰雄戟燿毫呈典緇耦獻禮翠壇宜民宜稼克
降祈年願靈之降解珮停鑾神之行兮氣爲軷
神之坐兮煙爲蓋使嘉穀與玄鬯永爭光而無
沫哉

草木頌十五首 并序

僕一命之微遭萬代之幸不能鏤心礪骨以報
所象擢翼驤首自致丹梯爰乃恭承嘉惠守販
閩中且僕生人之樂久已盡矣所愛兩株樹十
莖草之間耳今所鑿處前峻山以蔽日後幽晦
以多阻飢猨搜索石瀨戔戔庭中有故池水常
决雖無魚梁釣臺處處可坐而葉饒冬榮花有
夏色茲赤縣之東南乎何其奇異也結莖吐秀
數千餘類心所憐者十有五族焉各爲一頌以
寫勞寃

金荊

江南之山連障連天既抱紫霞亦漱絳煙金荊
嘉樹涵露宅仙婍節詎及幽意誰傳

相思

竦枝碧澗卧根石林日月斷色霧雨恒陰緑秀
八炤丹實四臨公子不至山客徒尋

豫章

伊南有林匪桂匪椒下貫金壤上籠赤霄盤薄
廣結捎瑟曾喬七年乃識非曰終朝

栟櫚

異永之生疑竹疑草攢叢石逕森莚山道煙岫
相珍雲蹙共實不華不縟可避工巧

杉

桐梓舊麗松栝稱奇焉如茲品獨秀青崖群木
歆望雜草不窺長入煙氣永忝鸞螭

梩

木貴冬榮梩實寒色停黛峯頂插翠石側碧葉
菴藹頳柯翕艴方陋筠櫝遠笑荆棘

楊梅

寳跨荔枝芳軼木蘭懐藥挺實涵英糅丹鏡日
繡壑炤霞綺巒爲我羽翼委君玉盤

山桃

惟園有實惟山有叢丹藹肇露紫榮繞風引霧

如電映煙成虹伊春之秀乃華之宗

山中石榴

美木艷樹誰望誰待縹華翠萼紅華絳采熠列泉石芬撓山海竒麗不徒霜雪不改

木蓮

迸采泉壑騰光淵丘緗麗碧蠍紅艷桂洲山人結侶靈俗共遊時至不採爲子淹留

石上菖蒲

藥實虛品爰乃輔性却痾衛福蠲邪養正縹色外妍金光内映草經所珍仙圖是詠

黃連

黃連上草丹沙之次禦孽辟妖長靈久視驂龍行天馴鳳匝地鴻飛以儀順道則利

署預

華不可炫葉非足憐微根儻餌棄劍爲仙黃金共鑄青艭爭妍君謂無妄我驗衡山

杜若

山中杜若嘉爾翠質不奇不俗載華載實同銜夕露共烘朝日夷險無二汎冥如一

藿香

桂以過洌廨以太芬摧阻天鑄天折人文詎及
藿香微馥微薰攝靈百仞養氣青雰

雲山讃四首 并序

壁上有雜畫皆作山水好勢仙者五六雲氣生
焉悵然會意題爲小讃云

王太子

子喬好輕舉不待煉銀丹控鶴去窈窕學鳳對
巑岏山無一春草谷有千年蘭雲衣不躑躅龍
駕何時還

陰長生

陰君惜靈骨珪璧詎爲寶日夜名山側果得金
丹道憂傷永不至光顏如碧草若度西海時致
意三青鳥

白雲

紫煙世不覿赤鱗庖所指白雲亦海外葐蒀起
三山簫瑟玉池上容裔帝臺前欲知青都裏乘
此乃登天

秦女

青琴旣曠世綠珠亦絕群猶不及秦女十五乘
綵雲璧質人不見瓊光俗詎聞願使洛靈往爲

我道音芬

雜三言五首 并序

予上國不才黜爲中山長史待罪載究識煙霞之狀既對道書官又無職筆墨之勢聊爲後文

搆象臺

曰上妙兮道之精道之精兮俗爲名名可宗兮聖風立立聖風兮玆敎生寫經記兮寄圖刹畫影象兮在丹青起淨法兮出西海流梵音兮至南溟綱紫宙兮洽萬品冠璇寓兮濟群生余汨阻兮至南國迹巳徂兮心未扃立孤臺兮山岫

梁半空兮江汀累青杉於澗構積紅石於林櫺雲入重兮七色山十影兮九形金燈兮江蘺環軒兮匝池相思兮豫章戴雪兮抱霜栽異木而同秀鍾雜草而一香苔蘚生兮[redacted]石戶蓮花舒兮繡池梁伊日月之寂寂無人音與馬迹[redacted]禪情於雲逕守息心於端石永結意於鷲山長憔悴而不惜

訪道經

百學兮異文錦泒兮綺分珍君之言兮皦無際說子之道兮迥不群澹深韻於白水儼高意於

浮雲執賢豪於後學軼望識於前文兹道兮可傳可傳兮皓然挾兹心兮赴絶國懷此書兮坐空山空山隱轔兮窮翠崿水散漫兮添素瀣海外陰兮氣曇曇江上月兮光灼灼東南出兮是一山西北來兮乃雙鶴池中蓮兮十色紅牕前樹兮萬葉落四壁深兮乃沉寥左右虛兮如寂寞寂寞兮山室德經兮道衰盪蒐兮刷氣掩憂兮靜疾信君人兮先覺聊與子兮如一

鏡論語

廵青史之殘詰覽朱管之遺冊惟魯濵之一叟

信衛道而探寂世艱險而多阻君英明而不革講業兮齊衛論精兮汴泗子之説兮義巳祕成賈鄭之雄理可黄何之壯思惜古人之取才瞰青雲而靖意意恬悵兮有端才嶒峻兮可覿憲嫣禹而折法蘘仁誼而求安不爊婉於戚施寧踸踔於馬蘭俾後生之庶士鑒明德之音翰惟山中兮寂寞[redacted]憂思兮無從石紅青兮百疊山濃淡兮萬重日下兮[redacted]月出兮銅峯竹色兮拂戸水氣兮繞牕味哲人之遺珍折片句兮忘老嘉石門之埋名憐柳子之沈道書吳伯於衣

袖鏤顏子於心抱籌出處之叔仲酌言默之多
少若妙行與上壟非積學之所紹至游夏以升
降幸砥心而勿夭

悦曲池

北山兮黛柏南江兮頽石頽峯兮若虹黛樹兮
如畫暮雲兮十里朝霞兮千尺千尺兮緜緜青
氣兮徃旋桐之葉兮蔽日桂之枝兮刺天百谷
多兮瀉亂波雜碉銑兮鶩叢泉竟長洲兮匝東
島縈曲嶼兮繞西山山巒屼兮水環合水環合
兮石重沓林中電兮雨冥冥江上風兮木颯颯

盟清冷兮適潺湲白雲起兮吊石蓮客子思兮
心斷絕心斷絕兮愁無閑步東池兮夜未艾卧
西牕兮月向山引一息於寬内擾百緒於眼前
意春蘭與秋若願不絶於江邊

愛遠山

伯鸞兮已遠名山兮不返逮紺草之可結及朱
華之未晚紲余馬於椒阿漾余舟於沙衍臨星
艑兮樹闇看日爍兮霞淺淺霞兮駮雲一合兮
一分映蟄兮爲飾綴澗兮成文碧色兮婉轉丹
秀兮蓊薹深林寂以窮崗上猨狖之所群群猨

兮瑶山大林兮蔽天楓岫兮筠嶺蘭畹兮芝田
紫蒲兮光水紅荷兮艷泉香枝兮嫩葉翡累兮
翠疊非郢路之遼遠寔寸憂之相接欷美人於
心底願山與川之可涉若溘死於汀潭哀時命
而自愜

應謝主簿騷體

山櫺靜兮悲凝涼㵎軒掩兮酒涵霜曾風激兮
綠蘋斷積石閉兮紫苔傷芝原寂少色筠庭顯
無光沭予冠於極浦馳予珮兮江陽弔秋冬之
已暮憂與憂兮不忘使杜蘅可翦而棄夫何貴

于芬芳

劉僕射東山集學騷

含秋一顧眇然山中檀欒循[redacted]便娟來風木瑟
瑟兮氣芬薀石戔戔兮水成文擿江崖之素草
窺海岫之青雲願芙蓉兮未晦遵江波兮待君

山中楚辭六首

青春素景兮白日出之藹藹吾將弭節於江夏
見杜若之始大結琱鱗以成車懸雜羽而爲蓋
草色綠而馬聲悲欷泓油以流帶
予將禮於太一乃雄劒兮玉鈎日華粲於芳閣

杜出入歌辭
祝詳史具礼備樂薦有牲
在陳有敷在懸騰燭象皇
奔水麴電邪熋運鴐馭波
乘騶以伺貢明以佇神宴
薦豆呈毛血哥辭
時恭時祀有物有則伊
我上璽實祀明德犧象
交陳樽尊面塞圣乔
唯嘉穀酒唯玄默若
通蒼祗慶西昇黎黑
顧靈之降祚家祐國
奏宣列之樂哥辭
啟崇配天昇尊明祀
瑞合汾陰慶同泰畤
青葛雲舒丹殿霞
起三曜維新五精皆始
于以享之景福是履

月金披於翠樓舞燕趙之上色激河淇之名謳薦西海之異品傾東岳之庶羞乘魚文兮錦質要靈人兮中州

入橘浦兮容與心敞惘兮迷所識視煙霞而一色深秋窈以虧天上列星之所極桂之生兮山之巔紛可愛兮柯團團谿嶠巇兮石架阻颲颲颸兮木道寒煙色閉兮喬木橈嵐氣闇兮幽篁難悒蟪蛄之蚉吟惜王孫之晚還信於邑兮白露方天病兮秋蘭

石筵筵兮蔽白雪疊疊兮薄樹車蕭條兮山逼

舟[redacted]兮水路慜晨夜之摧生感春秋之欲暮征夫輟而在位御者跼而載顧

缺六字

蒐兮歸來異方不可以親蝮蛇九首雄虺戴鱗炎允一光骨爛蒐傷玄狐曳尾赤象爲梁至日歸來無往此異方

自序

淹字文通濟陽考城人幼傳家業六歲能屬詩十三而孤邈過庭之訓長遂博覽群書不事章句之學頗留精於文章所誦詠者蓋二十萬言而愛奇尚異深沉有遠識常慕司馬長卿梁伯

竊之徒然未能悉行也所與神遊者唯陳留袁叔明而已弱冠以五經授宋始安王劉子真略傳大義爲南徐州王新安從事奉朝請使安之嬖也建平王劉景素聞風而悅待以布衣之禮然少年嘗倜儻不俗或爲世士所嫉遂誣淹以受金者將及抵罪乃上書見意而免焉尋舉南徐州桂陽王秀才對策上第轉巴陵王右常侍右軍建平王主簿賓待累年雅以文章見遇而宋末多阻宗室有優生之難王初欲羽檄徵天下兵以求一旦之幸淹嘗從容曉諫言人事之

成敗每曰殿下不求宗廟之安如信左右之計則復見麋鹿霜棲露宿於姑蘇之臺矣終不以納而更疑焉及王移鎮朱方也又爲鎮軍參事領東海郡丞於是王與不逞之徒日夜搆議淹知禍機之將發又賦詩十五首略明性命之理因以爲諷王遂不悟乃憑怒而黜之爲建安吳興令地在東南嶠外閩越之舊境也爰有碧水丹山珍木靈草皆淹平生所至愛不覺行路之遠矣山中無事與道書爲偶乃悠然獨往或日夕忘歸放浪之際頗著文章自娛在邑三載朱

方竟敗焉復還京師值世道已昏守忠閑居不交當軸之士俄皇帝始有大功於四海聞而訪召之爲尚書駕部郎驃騎竟陵公叅軍事當沈攸之起兵西楚也人懷危懼高帝嘗顧而問之曰天下紛紛若是君謂如何淹對曰昔項強而劉弱袁衆而曹寡羽號令諸侯竟受一劒之辱紹跨躡四州終爲奔北之虜此所謂在德不在鼎公何疑焉帝曰聞此言者多矣其試爲我言之淹曰公雄武有奇略一勝也寬容而仁恕二勝也賢能畢力三勝也民望所歸四勝也奉天子而伐逆叛五勝也攸之至銳而器小一敗也有威而無恩二敗也士卒解體三敗也搢紳不懷四敗也懸兵數千里而無同惡相濟五敗也故豺狼十萬而終爲我獲焉帝笑曰君談過矣是時軍書表記皆爲草具逮東覇城府猶掌筆翰相府始置仍爲記室叅軍事及讓齊王九錫備物及諸文表皆淹爲之受禪之後又爲驃騎豫章王記室叅軍鎮東武令叅掌詔冊並典國史旣非雅好辭不獲命尋遷正員散騎侍郎中書侍郎淹嘗云人生當適性爲樂安能精意苦

力求身後之名哉故自少及長未嘗著書惟集十卷謂如此足矣重以學不爲人交不苟合又深信天竺緣果之文偏好老氏清淨之術仕所望不過諸卿二千石有耕織伏臘之資則隱矣常願幽居築宇絕棄人事苑以丹林池以綠水左倚郊甸右帶𣿰澤青春爰謝則接武平皐素秋澄景則獨酌虛室侍姬三四趙女數人不則逍遙[redacted]紀彈琴詠詩朝露幾間忽忘老之將至淹之所學盡此而已矣

江文通集卷十

江文通集後序　余先人避地蕭山因而老焉視蕭山不遠一里許曰江寺蓋梁左衛將軍江文通別業其子昭玄捨爲浮屠梁梓也而居之東前有夢筆橋後人想像其讓述爲之文不足徵殆千年矣因歲余過西寺閱宋文閣舊書得江文通集欣然曰夢筆之驗其在是乎錄以示寺僧有成輩咸願刻之以傳余按文通濟陽考城人今考城已不知有文通矣唯蕭山故居猶存毋乃文通爲東海郡丞或以其參時往來而寓耶逸事寥寥不可考矣然名藍上人猶能追慕前修紀錄制而作爲可尚已然紀自今濡水之涘豈無懷錦繡筆者然文鳴者出爲則文通遺化餘澤久而益傳而有成諸同袍樂善之著也工告訖功謹誌于左　至正四年良月初吉中大夫蘄州路總管兼管內勸農事趙簣翁跋

戊子嫁仲之晦初得元人抄本至季秌之十二日始校完元本多樂府二章此本不知何以刪去而元本所缺此本又以意填增又理荒悖可笑今盡口之凡口者元本所無也李註者元本如而又可而通者也　辱守老人

圖書在版編目（CIP）數據

梁江文通文集/［梁］江淹撰.—北京：國家圖書館出版社，2010.7
（中華再造善本）
ISBN 978-7-5013-4281-5

Ⅰ.梁… Ⅱ.江… Ⅲ.①古典詩歌—作品集—中國—梁國（502~557）②賦—作品集—中國—梁國（502~557）③書信集—中國—梁國（502~557） Ⅳ.I213.912

中國版本圖書館CIP數據核字（2010）第029033號

ISBN 978-7-5013-4281-5

書名　梁江文通文集（一函二册）
著者　［梁］江淹　撰
出版　國家圖書館出版社（原北京圖書館出版社）
發行　100034 北京市西城區文津街七號
Tel:（010）66151313 Fax:（010）66121706
E-mail:Btsfxb@nlc.gov.cn（郵購）
造紙　華寶齋
印刷　杭州富陽古籍印刷廠
開本　八
印張　三六·七五
版次　二〇一〇年七月第一版第一次印刷
印數　一—一二〇〇
書號　ISBN 978-7-5013-4281-5
定價　一四七〇圓